그와 내가 있는 삽화

어르신 이야기책 _310 긴글

그와 내가 있는 삽화

초판 1쇄 발행일 2020년 4월 20일

지은이 유선진
그린이 김영희

펴낸이 이원중
펴낸곳 지성사 출판등록일 1993년 12월 9일 등록번호 제10-916호
주소 (03458) 서울시 은평구 진흥로 68 정안빌딩 2층(북측)
전화 (02) 335-5494 팩스 (02) 335-5496
홈페이지 www.jisungsa.co.kr 이메일 jisungsa@hanmail.net

ⓒ 유선진·김영희, 2020

ISBN 978-89-7889-441-8 (03810)

이 도서의 국립중앙도서관 출판예정도서목록(CIP)은 서지정보유통지원시스템 홈페이지
(http://seoji.nl.go.kr)와 국가자료공동목록시스템(http://www.nl.go.kr/kolisnet)에서
이용하실 수 있습니다. (CIP제어번호: CIP2020014257)

그와 내가 있는 삽화

유선진 글 · 김영희 그림

지성사

내 남자 친구

그는 나의 친구입니다. 여자가 아니라 남자입니다.

그러니까 그는 나의 남자 친구입니다.

우리들이 환갑이 되던 해인 1996년, 모교인

미동초등학교가 100주년이 되었습니다.

100주년 기념식에 참석하고 나서

동기생들끼리 뒤풀이를 가졌는데,

그때 내가 앉은 테이블의 맞은편에서

처음 인사를 나눈 나의 남자 친구입니다.

　졸업한 지 47년이 지났으니

같은 반을 했던 여자 친구도 알아보지 못하여

서로 당황해하는데 하물며 남자 동창생이야

얼마나 낯설고 멋쩍었겠습니까?

그 어색한 분위기를 깬 사람이 그였습니다.

"아이구! 할망구가 다 되었네. 그래도 참 반갑다.
악수나 하자."

그가 너스레를 떨었습니다.

느닷없는 이 반말은 정말 파격이었고,
우리들을 순식간에 친숙하게 만들어주었습니다.

자기소개들을 했는데 먼저 이름,
6학년 몇 반이었다는 것,
사는 곳 등을 말하였습니다.

자식이 몇이라고 말하는 이도 있었고,

아직도 현역인 친구는

직장을 밝히기도 하였습니다.

　때는 5월 4일.

식당의 큰 유리창으로 정원의 흐드러진 봄꽃들이

불빛에 반사되어 더 찬란하였고,

무언지 모를 애상, 비감, 허무, 그러면서도

어떤 설렘 같은 것으로 주름진 얼굴들에 홍조가 필 때,

우리들은 더 이상 낯설지도, 환갑의 늙은이도 아닌

열네 살의 소녀 소년이었습니다.

춥지도 덥지도 않은 상쾌한 밤바람!

어린 시절 걸었던 그 길을 걸으며 지하철을 향해 가는데

"타! 집이 논현동이라며? 방향이 같아."

도무지 어른이라고는 할 수 없는 애녀석 말투로

그가 차를 세우며 문을 열었습니다.

가까운 길을 놔두고 서울역을 거쳐 남산 길을 돌아

이태원을 지나 강남 방면의 친구들을 한 사람씩 내려주고

논현동 큰길에서 내려 우리 집 언덕길을 올라올 때,

내 가슴에 유년이 강물이 되어 출렁이었습니다.

그리고 두 번째 모임에서 그는 회장이 되었고

나는 총무가 되어, 이 모양새 요상스러운 동기회를

이끌어가야 하는 처지가 되었습니다.

　동창회가 결성된 그 주말에, 그가 둘째 며느리를 보는

혼례식이 있었습니다.

이번이 세 번째인데, 그는 세 번 다 일절 축하금을

받지 않는 것을 신조로 삼고 있는 사람이었습니다.

　"아무리 그래도 이렇게 우아한 우리들이

그럴 수야 없지."

하면서 우리 여학생(?)들은 백화점을 누비면서

깔깔 웃어대며 선물을 고르러 다녔습니다.

친구들의 가슴에도 유년이 꽃으로 피어

향기를 뿜어냈습니다.

반나절 고르고 고른 것이 부부 찻잔!

화가의 안목이 집어낸 것이라

그윽하고 기품 있는 빛을 발했습니다.

식장엔 접수처가 없다니 천생 내가 전할 수밖에

없었습니다. 그의 일터가 우리 집의 길 건너에

있기 때문입니다.

나는 분홍빛 웨딩 카드에 또박또박 글을 썼습니다.

시인은 눈 내리는 소리를

멀리서 여인이 비단옷 벗는 소리라고 표현했습니다.

비단옷 벗는 소리의 눈 내리는 아침이나,

시골 하늘로 도망간 서울의 별들이

고향 그리워 찾아온 밤에,

한 쌍의 아름다운 부부가 마주 앉아 찻잔을 들고

침묵 속에서 더 많은 언어 나누기를 소망합니다.

시부모님 되시는 회장님 내외분도

새신랑 새색시 못지않은 원앙의 정을 누리시옵소서.

_ 여학생 일동

얼마 안 되어 전화의 송수화기에서 터질 듯한
웃음소리가 벨 소리 끝에 들려왔습니다.

"와! 유선진, 정말 멋진 카드다! 점심이라도
같이 하자!"

"점심이라고? 내일 혼주가 될 사람이 무슨 점심?
얼른 쉬어. 그래야 이뻐지지……."

"뭐라고? 이뻐진다고? 날 보고 이뻐지라고? 하하하!"

이렇게 그와 나의 삽화는 그려져 갔습니다.

연민

둘째 아들의 결혼식이 지나고 며칠 후, 그는
반나절 동안이나 선물을 고르기 위해 애쓰고 다닌
여학생들을 위해 회식의 자리를 마련하였습니다.

남산에 있는 유명 호텔의 프랑스 식당입니다.

시력이 반은 장님일 정도로 부실한 나는
운전을 못하는지라 주로 대중교통을 이용했고,
생활 반경이라는 것이 고작 내 집 근처이므로
남산의 그 호텔은 집을 나설 때부터
마음이 편하지 않았습니다.

더구나 호텔에 도착해보니 프랑스 식당은

지하에 있었습니다.

　계단을 내려가는 일은 언제나 내게 두려움입니다.

계단 끝을 다른 색으로 띠를 둘러놓은 곳은

첫 계단과 마지막 계단만 조심하면 되는데,

벽돌로 무늬를 만든 계단이나

나무로 쪽을 붙인 계단은

어떻게 발을 떼어놓아야 할지 몰라

그 앞에서 울고 싶어지는 것이 나의 사정입니다.

프랑스 식당까지의 계단은 로비를 지나

완만한 경사를 이루며 멋있고 세련되게 만들어졌지만,

까만 대리석이 연이어 붙어 있어서 내 눈에는

그냥 검정 바탕의 편편한 홀로 보였습니다.

나는 망연자실, 유리처럼 반사되는 새까만 대리석을

바라보고 서 있을 수밖에 없었습니다.

　누구에게 도움을 청할 것인가,

호텔 직원을 두리번거리며 찾고 있는데

"아니, 왔으면 내려오지 거긴 뭐 하러 서 있어?

네가 꼴찌다."

나를 기다리다가 나오는 듯 저만치서

그가 걸어오는 것이었습니다.

나는 왠지 울컥 서러워졌습니다.

"나 좀 잡아줘. 계단이 안 보여."

그는 잠시 무척 의아해하더니 걸음마를 시작한

아기를 부축하는 아빠처럼 조심스럽게

아주 조심스럽게 내 손을 잡아주었습니다.

그 호텔에 차를 마시러 더러 와본 적은 있었어도

프랑스 식당은 처음이었습니다.

다른 친구들도 그런 듯했습니다.

그는 익숙한 자세를 취하며 예약된 좌석으로

우리를 안내했지만, 아직 서먹서먹한 사이인 우리들은

정말 촌닭이 따로 없었습니다.

그곳에서는 메인 디시만 서브를 해주고

나머지 음식은 뷔페처럼 입맛 따라 각자가 갖다 먹습니다.

그는 내 몫의 야채와 과일, 치즈와 케이크를

골고루 담아다 주며,

"그런 줄 알았으면 편한 곳으로 잡았지…….

미안해 어떡하니?"

안쓰러워하며 말을 했습니다.

"유선진이가 그렇게 눈이 나쁜 줄 너희들은 알았어?"

여자 동창생에게 묻기도 했습니다.

　돌아오는 길은 방향이 같으니까 친구들을

중간에 내려주고 난 후 둘이 남게 됩니다.

그는 차를 다시 남산으로 돌렸습니다.

"잠깐만 앉았다 가자." 그가 말했습니다.

6월 하순의 남산은 사방이 눈이 시리도록 고운

초록빛 녹음으로 아름다운 동화 나라였습니다.

국립극장 뒤로 차량 금지구역엔 등산객들이

삼삼오오 다니고, 새들은 예쁘게 우짖었습니다.

이곳이 남산이라는 곳인가!

이곳에 와본 적이 언제였던가?

아이들 데리고 동물원에 왔었던 30년 전?

도서관에 들렀던 20년 전?

동행이 있다는 사실도 까맣게 잊고

나는 세월 저 너머를 헤매었습니다.

그가 무거운 목소리로 이런 말을 하기까지는…….

"아까는 너무 놀랐다. 너무 놀라서 네가 아니라

내가 넘어질 뻔했다. 언제부터야? 그리고 어떻게 사니?

그 얘기 좀 듣자고 오자 했어."

대답 없이 팔각정이 저만치 보이는 돌계단에 앉아,

세월 저 너머를 헤매는 내 눈에 무수한 내가 보였습니다.

열 살 때의 나, 스물의 나, 서른의 나, 마흔의 나…….

나는 나도 모르는 사이 턱없이 감상에 젖어갔습니다.

그도 잠자코 내 감상을 방해하지 않았습니다.

이윽고 한참 만에 나는 말했습니다.

　"내가 노래 하나 할 테니 들어볼래요?"

　"노래?"

　"랩이라는 건데 되려나 모르겠네……."

열한 살 계집애가 있었지.

어느 날 별안간 칠판의 글씨가 보이지 않았네.

해방된 다음 해라 전깃불이 없었지.

계집애는 너무 책을 좋아했었다네.

어두운 남폿불 밑에서 책만 보았지.

그때부터 눈은 점점 나빠지고 계집애는 안경을 썼네.

계집애는 자라서 시집을 갔지. 그리고 애도 낳았다네.

애들이 엄마 코에서 안경만 잡아끌었지.

엄마가 된 계집애는 안경을 아예 던져버렸네.

그렇게 30년이 흘렀지.

그동안도 어른이 된 계집애는 책만 보았다네.

눈은 더욱더 나빠지고

나쁜 채로 시신경이 굳어버렸지.

안경도 안 되고 수술도 안 된다네.

어른이 된 계집애가 볼 수 있는 거리는 고작 1미터.

서서 제 발등이 안 보인다네.

그렇게 반(半) 장님으로 늙은이가 된 계집애는

살고 있다네.

살아갈 거네.

그는 흰 손수건을 내게 내밀었습니다.

내 눈에서 눈물이 흐르고 있었기 때문입니다.

"그만 해."

그의 목소리도 젖어 있었습니다.

이렇게 그와 내가 그린 삽화는 나의 부실한 눈에 대한

그의 연민으로 시작되었습니다.

그러나 나는 곧 그가 나를 연민하는 이상으로

그를 연민할 수밖에 없는 사실을 알게 되었습니다.

유년의 물결

그와 내가 그리는 삽화의 바탕은 유년입니다.

인생을 육십부터라고 하고, 회갑은 십이간지가

다시 시작되니 한 살이라고도 하지만,

그것은 부정할 수 없는 노경의 입문이지요.

일말의 서글픔을 느끼지 않는다면 거짓말일 것입니다.

마음이 착잡해졌습니다.

이렇게 회갑이라는 나이가 물살을 일으키고 있는

산란해진 마음에 유년의 물결이 덮쳐왔으니,

우리는 누가 먼저랄 것도 없이

감성의 투합을 한 것입니다.

　그와 내가 그리는 삽화에서 그가 잡은 붓은 연민이고,

나는 감동이라는 물감을 풀었습니다.

계단도 내려오지 못하고, 절절매고 있는 어릴 적 친구!

그의 연민의 시작이 그것이었다면,

그렇게 부실한 눈을 가족들이 잘 모르고 있다는 사실은

그에게 두 번째 연민이 되었습니다.

“식구들은 잘 몰라. 가정생활에는 내가 전혀 불편을

안 주거든.”

　사실 나의 약시는 내게 불편한 일일 뿐,

남편과 아이들에게는 상관이 없는 일이었습니다.

눈앞에 가까이만 놓으면 나는 무엇이든 잘 보았으니까요.

노안이 시작된 남편이 돋보기 없이도 작은 글씨를

잘 보는 내게 “와 , 당신 눈 좋네” 할 정도입니다.

　“그래도 밖에 같이 나와서는 알 거 아냐?”

　“그때도 잘 몰라.”

우리는 동부인을 별로 하지 않는 부부이고,

동반의 외출 때라도 나는 내색 없이

해결해 나갔기 때문이죠.

"정말 이해할 수 없네."

그는 남달리 자상한 성격이고

또 매사를 부부 위주로 생활하는 사람이라

나의 가정생활을 혼자 확대해석하고

친정 오라비 같은 측은지심을 갖게 된 것입니다.

그래서 그는 연민을 그려갔습니다.

그의 일터는 논현동 사거리에 있습니다.

우리 집에서 걸어서 5분 거리이지요.

47년 만에 처음 만나 동창회를 시작하려면,

더구나 남녀 혼성 동창회라면 창설(?) 임원들은

의논할 일이 많게 되지요.

가까운 거리에 있는 회장과 총무는

그런 면에서 안성맞춤의 인선이었습니다.

그의 사무실 지하에 찻집이 있습니다.

그곳에서 그는 나에게 우표 500장을 주었습니다.
첫 유인물이 나간 며칠 후의 일이었습니다.

"남자애들이 네 편지를 받고 아주 좋아하더라.
금년에 이 우표 다 써야 돼. 명령이야."

그래서 편지가 완성되면 나는 그 원문을 들고
찻집으로 갔고, 그는 "좋군" 하며 사인을 했습니다.

이 찻집에서 나는 그를 하나하나 알아갔습니다.

9남매의 셋째 아들이라는 것,

어머니를 열일곱 살에 잃었다는 것,

슬하에 2남 1녀를 두었다는 것,

아내가 구슬처럼 영롱하다는 것,

자기 건물은 서초동에 둘, 강남에 둘이 있는데,

여기에 나와 있는 건 이곳 주인이 여든 살이 넘은 분이라

이 큰 빌딩을 운영하지 못해 자기가 대신 해주고 있다는 것,

그러나 이런 것들은 내게 중요하지 않았습니다.

내가 놀라고 감탄하며 감동의 물감을 풀어

삽화를 그리게 된 것은

그의 삶의 내용 때문이었습니다.

그는 눌변입니다. 어휘가 간단하고
어법은 서두와 말미가 생략된 중간 말뿐입니다.

나는 눈을 버려가면서 책을 읽은 사람이고,
명색이 글 쓰는 사람이라 그가 던지는 한 단어에서
그가 말하려는 내용을 다 압니다.

"어떻게 알아차렸지?"

그는 사뭇 신기해하곤 하였지요.

그가 대화 도중에 단편적으로 언급한 이야기를 정리하며
나는 그를 존경하지 않을 수 없었습니다.

　중풍으로 쓰러진 아버지를 형 집에서 자기 집으로 모셔와

돌아가실 때까지 15년 동안 아들로서 그가 보인 일들은

효가 실종된 이 시대의 귀감입니다.

우선 현관문을 열면 집 안으로 들어오는 입구에

아버지 방을 정했다고 합니다.

텔레비전은 아버지 방에만 놓고, 보고 싶은 사람은

아버지 방으로 오지 않을 수 없게 하였고,

둥글고 큰 교자상을 아버지 방 가운데에 두고

식당을 겸하게 했다네요.

아버지 방은 배설물 냄새로 코를 쥐게 했는데 말이지요.

그는 엄격한 가장이었고, 투덜대던 아이들도

나중에는 면역이 되더라고 말하며 그는 웃었습니다.

　"아내가 애썼어. 아내의 수고를 나는 평생

갚아 나갈 거야."

　그는 진심으로 아내에게 감사해했습니다.

그러나 효자인 그에게서보다 나는 남편인 그에게서

더 큰 감동을 받았습니다.

잠을 자다 깨어보니 함박눈이 쏟아지고 있었어.

좀 전에 아내가 새벽 미사에 갔을 때는

눈이 안 왔는데 차고에 가보니 아내의 차가 없었어.

성당으로 갔지. 아내의 차가 있더군.

나는 트렁크에서 체인을 꺼내 감아놓고

말없이 다시 돌아와서 잤지.

나는 결혼하고 생긴 돈은 모두 아내 것이라고 생각해.

나는 한 푼이 생겨도 두 푼이 생겨도

아내 이름으로 저축을 하고 있어.

아내가 참아주었으니까 가정이 있는 거야.

누구네 집이든······.

내가 그리는 삽화의 물감은 그래서 감동의 주홍색입니다.

나는 그가 친정 동생처럼 대견해지고,

어찌 그리도 신통방통하냐고

칭찬해줄 때가 많았습니다.

그럴 때면 번번이 그의 얼굴에 어두운 빛이 지나갔습니다.

"아니야. 열심히는 살았지만 열심히 사느라고

가장 중요한 것을 잃었단다. 니가 그까짓 소설책을

보느라고 중요한 눈을 잃었듯이 말이야.

나는 니가 눈이 나쁜 것이 그래서 가슴이 아파."

　그날도 찻집에서 동창회 모임을 의논하고 난
뒤였습니다.

　“시간 있으면 같이 가줄래?”

　“어딜……?”

　“오늘이 정기검진 날이야.”

　그가 방향을 잡은 곳은 잠실 쪽이었습니다.

차는 아산중앙병원으로 들어갔습니다.

나는 왠지 가슴이 두근거렸습니다.

"가슴이 나빠……. 니가 그랬지? 안경도 안 된다네,
수술도 안 된다네. 내가 그래."

그가 진찰실로 들어간 복도에 앉아 나는 메모지에
이렇게 썼습니다.

바보 심장병이라니! 수술도 할 수 없다니,

멍텅구리! 아까 내 발이 그렇게 비틀거렸던 것은

병원의 대리석 바닥이 미끄러워서가 아니었단다.

친구야, 친구야!

진찰실 문을 열고 나오는 그의 뒤에서

의사가 말하는 소리가 들렸습니다.

"하루 빨리 정밀검사를 받아보시는 게…….

심장병 치료보다 그게 더 급해요."

아아! 나는 보고 말았습니다.

평소와 다름없는 그의 운전하는 옆모습을 보았을 때,

석양에 반사되던 이슬 한 방울을…….

그가 나를 연민하는 연민 이상의 연민이

내 가슴을 적시며 일어났습니다.

대한민국 최고 학교

미동초등학교 41회 동창회는 장미가 피어 만발한

5월에 시작하여 녹음이 검푸르게 숲을 이루고 있는

남산에서 여름 나기 단합대회를 가졌고,

은행잎이 노란 비로 내리는 남한산성에서 단풍놀이도

했으며, 흰 눈이 쌓인 그윽한 밤에 망년회를 열고

47년 만에 이루어진 우리들의 재회를 자축했습니다.

그의 아낌없는 지원이 이 모든 모임을

더할 수 없이 화려하고 풍성하게 해주었습니다.

"마치 동창회를 위해서 지금까지 살아오신 분 같아요."

아직 50대 초반인 그의 아내는 남편이 신이 나서
봉사하는 것이 너무도 기쁜 듯 이렇게 말했습니다.

"앞만 보고 달려온 딱한 분이거든요.
그분에게 즐거운 일 생긴 것이 저는 좋아요."

초등학교 동창회에서 우리는 금기사항 하나를
묵계로 만들었습니다.

본인이 밝히지 않는 한,
그리고 가까운 친구를 통해 알려지지 않는 한,
현재까지의 이력을 묻지 않는 일이었습니다.
그냥 미동 41회 졸업생이면 되었습니다.

사실 육십이 넘은 나이에 학력은 아무것도 아닙니다.

현재 삶의 내용이 학력이지요.

공부를 하는 이유가 건강한 사회의 일원으로서

인간의 존엄성을 지키며 자기 삶을 영위하는 것에

의미를 둔다면, 이미 이웃과 가정과 사회에

유익이 되는 삶을 살고 있는 사람은

명문의 최고 학부 출신이라는 것이 내 생각입니다.

그래서 동창회 시작 때부터 6년이 되는 지금까지

나는 그의 학력에 대해서 아는 것이 없습니다.

"회장이 어디 나왔어?"

여학생들이 나에게 묻습니다.

"세상에서 제일 사람을 잘 가르친, 제일 좋은 학교!"

나는 이렇게 대답합니다.

그러나 눈이 어두운 내게 지팡이처럼 내밀었던
그의 두둑한 손바닥에, 세월이 그리 많이 흘렀건만
아직도 굳게 박여 있는 굳은살은
내가 모르는 그의 젊은 날을 설명해주고 있습니다.

그럴 때 내 가슴에 젖은 바람 한 자락이 불어옵니다.

어머님 안 계신 9남매의 집.

어떻게 하면 잘살 수 있나 하고 자나 깨나 생각했지.

전쟁이 끝난 폐허의 잿더미 위로

돈이 날아다니는 게 보였어.

날아다니는 돈을 잡는다는 것이 쉬운 일은 아니었어.

보이지를 않으면 속이 편할 텐데 말이야.

성질이 고약해지더군.

만만한 게 아내라 아내를 많이 볶았어.

그 시대의 가난했던 모든 가장들이 하던 식으로,

버는 것이 아니라 쓰지 않는 것으로 아내를 힘들게 하고,

그 힘듦을 알고도 냉정하게 외면하며

목표를 이루어갔다고 했습니다.

나는 차 한 잔을 아끼는데, 월급을 받으면

하루를 근사한 소풍으로 보내는 친구가 있었어.

장가를 간다고 청첩장을 보냈더군.

빈 봉투로 부조를 했지. 20년 뒤였어.

그들 부부와 저녁을 먹으면서 봉투를 내밀었지.

"니 결혼 축하금이다. 그때 내가 부조했으면

너는 낚시로 없앴을 거야.

부부가 일본이라도 다녀와."

　내가 그의 출신 학교를 대한민국 최고의 학교라고
치는 이유는 너무도 많았습니다.

병문안을 다녀왔어. 옛날 직장 동료인데,

신부전증으로 생명이 위급해.

이식수술민이 살아날 길이라는데,

젊었을 때 몽땅 탕진한 녀석이지.

비용의 반을 내놓을 테니

나머지는 자식 형제 친구들이 책임지라고 했어.

정성의 문제니까 말이야.

그러면서 정작 자기 몸은 심장으로 흐르는 혈관이

모두 기름 덩어리로 막혀 겨우 실낱같은 곳으로

피를 흐르게 하며 연명하고 있는 딱한 사람.

배고팠던 때를 생각하며 엄청 먹었다는 사람.

어느 날 산행에서 극심한 가슴의 통증으로 혼절을 했고,

협심증이라는 질환을 알게 된 사람.

그런데 오늘 주치의는 또 다른 병증을 진단 내린 것입니다.

　나는 더 이상 연민이 아닌, 그의 혈관에 낀 기름 덩이를

녹여내는 수천 도의 우정을 보내기로 작정했습니다.

화내고 침묵하고 엄청 먹어 생긴 병이라면,

기뻐하고 떠들고 엄청 굶으면 낫는다고,

꼭 나을 수 있다고, 그가 내게 지팡이처럼

그의 손을 내밀어 잡게 했듯이 나는 그의 손을

나의 따뜻한 두 손으로 감싸 안았습니다.

사랑보다 깊은

젊은 시절, 내 속은 하나의 활화산이었습니다.

맹렬한 기세로 타오르는 불꽃들이 뿜어낼 곳을 찾아
용트림을 했지만 '어미'라는 지표가 너무 단단하여
분출구를 찾지 못하고,
마침내 시나브로 꺼져갔습니다.

그러나 불이 꺼져버린 자리는 커다란 분화구가 되어
큰 동굴을 이루었고, 무시로 그 동굴에 삭풍이 불어
한여름에도 추위를 느껴야 했습니다.

나는 옷을 껴입는 대신 옷을 벗어

바람을 몸 밖으로 내몰았습니다.

그것은 밖에서 불어오는 외풍이 아니라

내 안에서 일어나는 속바람이었기 때문입니다.

무엇을 갖다 넣어도 채워지지 않는 가슴속의 빈 동굴!

당신은 그 공허를 경험해보신 적이 있습니까?

어느 날은 타는 듯한 갈증으로 허덕이게 하고,

어느 날은 비애의 늪 속으로 빠뜨려 혼절케 하고,

어느 날은 절망으로 울부짖게 하며

지치고 지쳐 삶의 의지를 소진시키는 동굴.

나는 이 어두운 동굴에서 울부짖으며 혼절하며

허덕이며 소진되어가던 어느 순간,

하나의 불빛이 진작 그곳에 켜져 있음을 발견했습니다.

절망의 끝에서야 보이는 그 불빛을…….

그 후 동굴은 나의 평화요, 안식처가 되었습니다.

　나는 내가 경험한 이 슬픔과 환희를

그에게 이야기해주고 싶었습니다.

절망하는 자만이 볼 수 있는 빛,

찾고자 하는 사람에게는 고통의 끝에서 반드시 보이는

그 불빛을 그에게 보여주고 싶었습니다.

그의 아내가 독실한 가톨릭 신자인데도, 미사를 보고

선행에 앞장서고 하면서도, 그는 어쩐지 신앙을

마음속으로 받아들이지 못하고 있었거든요.

　나는 마치 환갑이 넘어 만나게 될 친구에게

이 '불빛'을 전해주기 위해 그 많은 갈등을 치른 사람처럼,

간절하고 간절하게 죽음을 넘어서 있는

세상에 대해 이야기하였습니다.

그가 이것을 믿고 확실하게 될 때,

지금까지의 그의 모든 것이 새롭게 되고,

새로운 육신이 된다고 설득했습니다.

그것이 그의 혈관에 쌓인 기름을 녹여내는

수천 도의 내 우정이었습니다.

“고맙다. 알았어, 알았대도…….”

그가 정밀검사를 받은 두 번째 질환의 결과가

나왔습니다. 그러나 아무도 놀라지 않았습니다.

처음 심장병을 앓았을 때같이 힘들지가 않구나.

무슨 병이 진행되든 그보다 먼저 심장이

그것을 막아줄 테니까. 심장이 먼저 멈춰,

나를 고통에서도 추함에서도 막아줄 테니까.

다른 병을 알고 나니까

심장병에 대한 감사로 오히려 편안하다.

그는 그의 말을 입증이라도 하듯

전보다 더 활기차고 의연하게 지냈습니다.

그러나 누구의 눈에도 그의 손 떨림은

확연하게 더해갔습니다.

나는 백과사전을 펴보았습니다.

이런 설명이 쓰여 있었습니다.

손, 발, 목, 입술이 떨린다.

눈이 깜빡이지 않는다.

얼굴의 표정이 없어진다.

일체의 동작이 불가능해진다.

가면을 쓴 것같이 된다.

예후가 좋지 않다.

나는 떨리는 손으로 책을 덮었습니다.

초등학교 동창회에서 그와 나의 임기는

이제 끝이 납니다.

우리는 모교의 결식아동을 위한 금일봉을 들고

학교에 갔습니다.

그동안 학교는 신축되어 현대식 건물이 되어 있었고,

어린 눈에 현기증이 날 만큼 넓어 보였던 운동장은

이미 세상에 수없이 큰 것들을 보아온 눈에

더 이상 넓고 큰 운동장이 아니었습니다.

그와 난 벤치로 가서 앉았습니다.

수업이 끝났는지 운동장으로 여자아이 하나가 나옵니다.

안경을 썼습니다. 그가 별안간 소리를 쳤습니다.

"와! 저기 유선진이 나온다."

그의 느닷없는 이 외침에 아득한 세월 뒤편에 있던
옛날이 운동장 위로 올라왔습니다.

올라와서 안경 쓴 계집애 뒤에 섭니다.
뒤에 서서 계집애를 밀고 갑니다.
한참을 밀고 가는 길에 조그만 아이는 간 곳이 없고,
초로의 여인 하나가 서 있는 것이었습니다.

세월의 연속!

소멸하는 것은 하나하나 개인의 것일 뿐,

장구한 흐름에서는 그냥 큰 물줄기로의

합류라는 생각이 들었습니다.

그러자 알 수 없는 '평안'이 내 안에서 흘렀습니다.

　설령 그가 거부할 수 없는 도도한 그 물줄기로

먼저 들어간다 해도, 우리도 또한

바로 합류될 것이라는 생각 때문입니다.

교장실로 향해 가면서 그가 내 손을 잡았습니다.

소경이 따로 없는 내게 그의 손은

손이 아니라 지팡이입니다.

그가 이끄는 대로 가만히 손을 잡히며 따라갔습니다.

가면서 속으로 물었습니다.

언젠가 한 번은 물어야겠다고 생각한 말입니다.

"친구야! 그동안 우리 둘이 그린 삽화 말이야,

그것이 무엇일까?"

그에게선 아무 말이 들려오지 않았습니다.

나 혼자 하는 말이니 들었을 리가 없지요.

"사랑이었을까?"

한참 만에야 교장실 문 앞에서 그의 대답하는

소리가 들려오는 듯했습니다.

"아니……."

"아니라고……?"

"응, 아니지……. 사랑이라는 말로는……

너무 부족하니까."

어쩌면 내가 나에게 하는 말인지도 모르겠습니다.

품위 있고 건강한 노년을 위한
어르신 이야기책(큰글자책)

* 판형: 변형 사륙판(187×224)

짧은글 ▶▶▶

박치기 사랑 어르신 이야기책_짧은글 101

• 글 양귀자, 그림 남인희/ 48쪽/ 값 10,000원/ ISBN: 978 89 7889 350 3

여성잡지 기자인 김동희 씨는 어느 해 겨울, 눈 내리는 날 운전을 하다가 내리막길에서 바퀴가 미끄러져 한 남자의 앞차를 들이받습니다. 1년 뒤, 같은 자리에서 그 남자의 차가 김동희 씨의 차를 들이받습니다. 당돌한 김동희 씨에게 첫눈에 반한 남자의 박치기 사랑이 시작됩니다.

들국화 고갯길 어르신 이야기책_짧은글 102

• 글 권정생, 그림 김영희/ 48쪽/ 값 10,000원/ ISBN: 978 89 7889 351 0

구김살 없고 꿈이 많은 꼬마 소와 넉넉한 마음의 할미 소는 오늘도 등에 하나 가득 짐을 지고 고갯길을 오릅니다. 때로는 힘들고, 주인의 채찍질이 서럽도록 눈물겹지만, 고갯마루에서 반겨주는 들국화의 환한 모습에 고달픈 노동의 무게를 잠시나마 잊을 수 있어 행복합니다.

가난한 날의 행복 어르신 이야기책_**짧은글** 103

• 글 김소운, 그림 남인희/ 40쪽/ 값 10,000원/ ISBN: 978 89 7889 352 7

가난 속에서 피어난 '따뜻한 부부애'라는 주제를 다룬 3편의 에피소드로 구성된, 김소운 선생의 대표적인 수필입니다. 가난한 시절을 함께 한 부부간의 소박한 사랑의 기억이 일생 동안 삶을 살아가는 데 얼마나 큰 힘이 되어주는지를 잔잔하게 일깨워줍니다.

'메아리'와의 만남 어르신 이야기책_**짧은글** 104

• 글 양귀자, 그림 김영희/ 56쪽/ 값 10,000원/ ISBN: 978 89 7889 353 4

세상의 모든 생명에 대한 경건함이 돋보이는 작품입니다. 주인공인 '나'는 몇 차례 애완동물들과의 이별에서 슬픔을 겪으면서 다시는 애완동물을 키우지 않으리라 다짐합니다. 하지만 어느 봄날, 딸아이가 학교 앞에서 사온 병아리의 등장으로 다시 사랑 쌓기가 시작됩니다.

긴데요,의 김대호 씨 어르신 이야기책_**짧은글** 105

• 글 양귀자, 그림 낙송재/ 48쪽/ 값 10,000원/ ISBN: 978 89 7889 354 1

키 186센티미터의 김대호 씨는 큰 키만큼이나 느립니다. 말도, 행동도 그렇지요. 장가가려면 말투를 고치라고 충고하지만 쉽지 않습니다. 그러나 그는 품이 넓고, 맡은 일에 빈틈이 없습니다. 그래서 모두 그를 좋아하고, 이 바쁜 세상에 여유 있게 살아가는 그가 있음으로 행복해합니다.

삼남삼녀 어르신 이야기책_**짧은글** 106

• 글 김태길, 그림 남인희/ 48쪽/ 값 10,000원/ ISBN: 978 89 7889 355 8

아들을 손꼽아 기다렸지만 결국 딸아이 셋을 보았다는 작가 자신의 이야기입니다. 작가는 남아를 선호하는 주변 사람들의 모습에 대해 해학적으로 묘사하면서, 작가 자신도 아들을 은근히 기대하였으나 아내가 순산만 했으면 다행이라며 위안합니다.

우리 동네 예술가 두 사람 어르신 이야기책_**짧은글** 107

• 글 양귀자, 그림 남인희/ 56쪽/ 값 10,000원/ ISBN: 978 89 7889 356 5

작가인 나는 예술가들이 모여 산다는 북한산 자락에 살고 있지요. 그 많은 예술가들 가운데 유난히 두 예술가를 사랑하는데, 그들에 관한 이야기입니다. 바로 동네 한가운데에서 매일같이 성실하고 끈질기게 자신의 진지한 '예술'에 몰두해 있는 '김밥 아줌마'와 '트럭 채소 장수'입니다.

아슬아슬했던 시절, 목단꽃 이불 밑에 숨은 사연 어르신 이야기책_짧은글 108

• 글 양귀자, 그림 남인희/ 48쪽/ 값 10,000원/ ISBN: 978 89 7889 357 2

작가는 붉은 목단꽃 이불의 홑청이 유난히도 자주, 장대로 곧추 세워놓은 빨랫줄에 널려 깃발처럼 펄럭였던 어린 시절 기억을 떠올립니다. 그리고 어머니와 아버지의 결혼, 아버지의 방황과 죽음, 가장의 무게를 짊어진 큰아들을 향한 애틋한 어머니의 모정을 담담하게 풀어냅니다.

술은 인정이라 어르신 이야기책_짧은글 109

• 글 조지훈, 그림 낙송재/ 48쪽/ 값 10,000원/ ISBN: 978 89 7889 358 9

'술을 마시는 것을 좋아하는 것이 아니라 술 마신 흥취를 좋아한다'던 시인 조지훈. 당대의 주선(酒仙)으로 통하고 주도(酒道)의 18단계를 밝힌 그가 젊은 날에 겪었던 반백의 낯선 노인과의 해장술, 1·4후퇴 때 대구역 플랫폼에서 얻어 마신 한잔 술에 관한 이야기입니다.

일연이 어르신 이야기책_짧은글 110

• 글 이양하, 그림 낙송재/ 48쪽/ 값 10,000원/ ISBN: 978 89 7889 359 6

영문학자인 저자가 10년에 걸쳐 신문이나 잡지에 기고하였던 글 가운데, 「일연이」와 「다시 일연이」를 함께 엮었습니다. 동대문 밖에 사는 친구 딸 일연이를 만나는 기쁨과 다시 만난 이후 한층 성장한 아이에 대한 경외감을 표현하고 있습니다.

이런 제자, 저런 일 어르신 이야기책_짧은글 111

• 글 권오길, 그림 김영희/ 48쪽/ 값 10,000원/ ISBN: 978 89 7889 360 2

저자가 고등학교 선생으로 재직하면서 겪은 에피소드입니다. 별명 '임질이'로 기억할 뿐, 이름이 가물가물한 경기고등학교 제자, 실험 때 선혈을 보면서 기절한 제자가 있는가 하면, 가정방문 당시의 풍경과 고교 시절 방황하던 최 군을 만나 회포를 푸는 모습 등 사제의 정이 넘쳐흐릅니다.

시골뜨기 서울뜨기 어르신 이야기책_중간글 201

• 글 박완서, 그림 김영희/ 56쪽/ 값 10,000원/ ISBN: 978 89 7889 361 9

시골 친척의 맏아들 결혼식 초대에 사모관대, 족두리를 쓴 정겨운 혼례식을 볼 생각으로 기분이 좋습니다. 하지만 읍내 차부 앞 예식장에서 결혼식을 치르고, 쌀 다섯 가마에 돼지 두 마리를 잡았다는 잔칫집에서 시골의 순박한 정취와 풍경을 기대했던 나는 당황스럽기만 합니다.

임꺽정 어르신 이야기책_중간글 202

• 글 조해일, 그림 낙송재/ 64쪽/ 값 10,000원/ ISBN: 978 89 7889 362 6

우리에게 널리 알려진 의적 임꺽정은 어지러운 세상을 구하기 위해 그 지혜를 얻으러 선비 '허순'을 찾습니다. 하지만 그 집을 찾아온 세 선비와 자리를 함께한 임꺽정은 선비들과 대화를 나누다가 난마 같은 세월에 한숨이나 쉬고 있는 그들에게서 희망이 없음을 처절하게 느낍니다.

산골 아이 어르신 이야기책_중간글 203

• 글 황순원, 그림 낙송재/ 64쪽/ 값 10,000원/ ISBN: 978 89 7889 363 3

산골 아이의 하루 일상이 옛이야기와 어우러져 어릴 적 추억이 떠오르는 이야기입니다. 할머니가 들려주는 여우고개에 얽힌 옛날이야기와, 밤늦도록 돌아오지 않는 아버지를 기다리던 아이는 호랑이가 산다는 산막골에 얽힌 이야기를 떠올리면서 걱정이 이만저만이 아닙니다.

필묵장수 어르신 이야기책_중간글 204

• 글 황순원, 그림 낙송재/ 68쪽/ 값 10,000원/ ISBN: 978 89 7889 364 0

재능은 없지만 글과 그림을 좋아하는 순수한 서노인은 필묵을 파는 봇짐장수입니다. 어느 날, 궂은비를 피하러 들어간 집에서 중로의 여인은 구멍 난 그의 양말을 보고 밤새 버선 한 켤레를 지어줍니다. 가난하고 외로운 떠돌이 서노인은 칠십 평생에 처음으로 따뜻한 정을 느낍니다.

아네모네의 마담 어르신 이야기책_중간글 205

• 글 주요섭, 그림 남인희/ 64쪽/ 값 10,000원/ ISBN: 978 89 7889 365 7

아네모네 다방의 마담 영숙은 창백한 낯빛에 눈빛이 애수에 가득 찬 전문학교에 다니는 학생에게 마음이 끌립니다. 그이는 언제나 같은 자리에 앉아 슈베르트의 「미완성 교향악」을 청합니다. 영숙은 그이도 자신에게 마음이 있을 거라고 생각했는데, 그게 아니었나 봅니다.

꼴찌에게 보내는 갈채 어르신 이야기책_중간글 206

• 글 박완서, 그림 김영희/ 48쪽/ 값 10,000원/ ISBN: 978 89 7889 366 4

'나'는 시내에 볼일이 있어 외출했다가 마라톤 경기를 구경합니다. 하지만 눈앞에 나타난 선수들은 꼴찌에 가까운 후속 주자들입니다. 고통으로 일그러진 얼굴들, 마지막까지 최선을 다해 뛰고 있는 그들도 충분히 박수를 받을 만하다는 생각에 손이 부르트도록 박수를 보냅니다.

행복의 장 어르신 이야기책_중간글 207

• 글 김소운, 그림 김영희/ 64쪽/ 값 10,000원/ ISBN: 978 89 7889 367 1

버스 요금이 8원 하던 때, 버스에서 자리를 양보해준 어느 고학생에게 건네준 500원으로 느낀 작은 행복, 백모님의 부음으로 떠올린 50년도 더 지난 어린 시절의 기억 등, 작가는 자신이 겪은 이야기를 풀어내며, 인생에서 행복 이상의 그 무엇은 모두를 향한 '보람'이라고 고백합니다.

어머니의 베틀노래 어르신 이야기책_중간글 208

• 글 권오길, 그림 김영희/ 64쪽/ 값 10,000원/ ISBN: 978 89 7889 368 8

두 살 때 헤어진 아버지의 얼굴을 나는 모릅니다. 그러기에 어머니의 사랑을 듬뿍 받고 자랐을 겁니다. 목화밭에서 목화송이를 따서 솜을 타고 물레질을 한 뒤, 베틀에 올라 베를 짜던 젊은 시절의 어머니. 인고의 세월을 살다 가신 어머니를 기린 사모곡입니다.

목넘이마을의 개 어르신 이야기책_긴글 301

• 글 황순원, 그림 김영희/ 112쪽/ 값 13,000원/ ISBN: 978 89 7889 369 5

어느 날, 목넘이마을에 찾아든 신둥이(흰둥이) 개. 굶주림에 지친 신둥이는 동네 방앗간 바닥에 떨어진 겨와 동네 개들의 구유를 핥으며 간신히 몸을 추스르지만, 마을 사람들은 미친개라며 몰아냅니다. 험난한 환경 속에서도 끈질기게 생존을 유지하는 신둥이 개의 이야기입니다.

별 어르신 이야기책_긴글 302

• 글 황순원, 그림 낙송재/ 72쪽/ 값 13,000원/ ISBN: 978 89 7889 370 1

소년은 어머니의 얼굴을 모릅니다. 우연찮게, 죽은 어머니와 누이가 닮았다는 이웃 할머니의 말에 소년은 화가 납니다. 못생긴 누이가 어머니를 닮다니요? 원치 않은 남자에게 시집간 누이가 죽었어도 소년은 누이를 어머니와 같은 하늘의 별로 받아들일 수가 없습니다.

이야기감 어르신 이야기책_긴글 303

• 글 유재용, 그림 낙송재/ 120쪽/ 값 13,000원/ ISBN: 978 89 7889 371 8

조선 말기, 청나라 군사들의 겁탈을 피해 새댁 박씨는 친정으로 가던 길에 산적들에게 능욕을 당하고, 결국 떠돌이 고리장이에게 몸을 의탁합니다. 세월이 흘러, 이 진사댁은 삼대독자 외아들이 후사를 볼 수 없자 잘생긴 떠꺼머리 고리장이에게 씨를 얻습니다. 격동의 역사 속에서 살아가는 사람들의 이야기가 4대에 걸쳐 펼쳐집니다.

오돌할멈 손자 오돌이 어르신 이야기책_긴글 304

• 글 이호철, 그림 낙송재/ 88쪽/ 값 13,000원/ ISBN: 978 89 7889 372 5

한국전쟁 당시 치열하게 전투가 벌어졌던 월비산 315고지, 그 부대에 '고문관'으로 통하는 '김오돌' 일등병이 있습니다. 학교 교육이라곤 전혀 받은 적 없고, 강원도 정선의 어느 산골에서 숯 굽는 화부 조수 노릇하다가 주인 아들 대신 징집되어온 김오돌에게 무슨 일들이 벌어질까요?

흑과부 어르신 이야기책_긴글 305

• 글 박완서, 그림 김영희/ 72쪽/ 값 13,000원/ ISBN: 978 89 7889 373 2

광주리 채소장수에 날품팔이로 억척같이 사는 '흑과부'라 불리는 여인을 둘러싸고 벌어지는 이야기입니다. 전업주부인 '나'는 마치 대단한 자선을 베푸는 양 사람 취급도 제대로 하지 않았던 흑과부가 가난에 맞서 얼마나 공포스럽게 살아왔는가를 비로소 깨닫습니다.

아내를 빌려 줍니다 어르신 이야기책_긴글 306

• 글 김주영, 그림 남인희/ 112쪽/ 값 13,000원/ ISBN: 978 89 7889 374 9

왜소하기 짝이 없는 세탁소 청년 조덕배는 흑인 병사의 아들로 입양되어 미국으로 건너간 뒤 주근깨투성이 미국 아가씨와 결혼하여 한국으로 돌아옵니다. 영어학원의 인기 강사로 이름을 날리던 어느 날, 미국인 아내를 사장의 파티용 파트너로 빌려달라는 조건으로 무역회사의 관리 상무로 올라선 그는 마음 한켠이 늘 불안합니다.

유황불 어르신 이야기책_긴글 307

• 글 양귀자, 그림 남인희/ 104쪽/ 값 13,000원/ ISBN: 978 89 7889 375 6

기차가 하루에도 수십 차례씩 지축을 뒤흔들며 지나가는 철길 옆 동네. 내가 국민학교 2학년 때 만난 찐빵집 딸 은자는 「검은 상처의 블루스」를 기가 막히게 잘 부르며, 가수가 꿈입니다. 그해 여름부터 가을까지, 철길 옆 동네에서 벌어진 온갖 일들이 옛 추억을 떠올리게 합니다.

뿔 어르신 이야기책_긴글 308

• 글 조해일, 그림 낙송재/ 96쪽/ 값 13,000원/ ISBN: 978 89 7889 376 3

가순호는 이삿짐을 부리려고 역 앞에 모인 지게들 중에서 자연목으로 만든 지게를 선택합니다. 그 임자는 뒤로 걷는 특이한 지게꾼이지요. 지게에 짐을 부리고 왕십리에서 새로 이사하는 흑석동까지 오로지 뒤로 걷는 지게꾼은 도시의 잿빛 풍경에, 햇살처럼 빛나는 생명력이 넘칩니다.

둘째 사위 어르신 이야기책_긴글 309

• 글 최일남, 그림 김영희/ 104쪽/ 값 13,000원/ ISBN: 978 89 7889 377 0

땡전 한푼 없는 빈털터리에 두메 출신, 게다가 학력이라곤 야간대학을 2년 다니다가 집어치운 서적 도매상의 사원인 나는 '출세한 촌놈'입니다. 왕년의 거물 정객인 데다가, 재벌을 대·중·소로 나눌 때 소재벌급에 속하는 장인의 둘째 사위로 사는 것이 어떤지, 한번 들여다볼까요?

'어르신 이야기_그림책'은 그림과 어우러진 한 줄 글만 있는,
어르신이 직접 꾸미는 어르신만의 '이야기책'입니다.

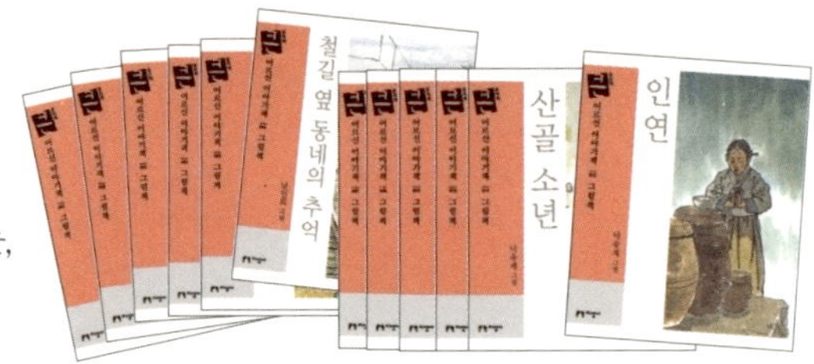

슬픈 이별 어르신 이야기책_그림책 001

- 그림 : 남인희/ 40쪽/ 값 10,000원

  ISBN: 978 89 7889 378 7

춘향전 어르신 이야기책_그림책 002

- 그림 : 남인희/ 40쪽/ 값 10,000원

  ISBN: 978 89 7889 379 4

소박한 행복 어르신 이야기책_그림책 003

- 그림 : 남인희/ 40쪽/ 값 10,000원

  ISBN: 978 89 7889 380 0

할미 소와 꼬마 소 어르신 이야기책_그림책 004

- 그림 : 김영희/ 40쪽/ 값 10,000원

  ISBN: 978 89 7889 381 7

시골 잔칫날 어르신 이야기책_그림책 005

- 그림 : 김영희/ 40쪽/ 값 10,000원

  ISBN: 978 89 7889 382 4

철길 옆 동네의 추억 어르신 이야기책_그림책 006

- 그림 : 남인희/ 48쪽/ 값 10,000원

  ISBN: 978 89 7889 383 1

떠돌이 개 어르신 이야기책_그림책 007

- 그림 : 김영희/ 48쪽/ 값 10,000원

  ISBN: 978 89 7889 384 8

우리 누이 어르신 이야기책_그림책 008

- 그림 : 낙송재/ 40쪽/ 값 10,000원

  ISBN: 978 89 7889 385 5

베 짜는 어머니 어르신 이야기책_그림책 009

- 그림 : 김영희/ 48쪽/ 값 10,000원

  ISBN: 978 89 7889 386 2

어느 노인의 인생 어르신 이야기책_그림책 010

- 그림 : 낙송재/ 64쪽/ 값 10,000원

  ISBN: 978 89 7889 387 9

산골 소년 어르신 이야기책_그림책 011

- 그림 : 낙송재/ 52쪽/ 값 10,000원

  ISBN: 978 89 7889 388 6

인연 어르신 이야기책_그림책 012

- 그림 : 낙송재/ 64쪽/ 값 10,000원

  ISBN: 978 89 7889 389 3